KB265664

리트머스 고양이

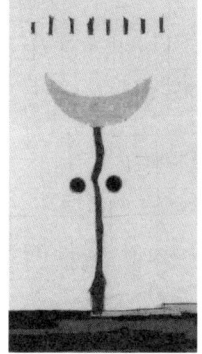

리트머스 고양이

2009년 9월 10일 초판 1쇄 인쇄
2009년 9월 21일 초판 1쇄 발행

지은이 | 이원식
펴낸이 | 孫貞順
펴낸곳 | 도서출판 작가
        서울 서대문구 북아현3동 1-1278 (우-120-866)
        전화 | 365-8111~2 팩스 | 365-8110
        이메일 | morebook@morebook.co.kr
        홈페이지 | www.morebook.co.kr
        등록번호 | 제13-630호(2000. 2. 9.)

편집 | 이미진 황보민
디자인 | 오경은 나현화
영업 | 손원대 설동근
관리 | 이용승

ISBN 978-89-89251-88-0 (03810)

＊ 잘못된 책은 구입하신 서점에서 바꾸어 드립니다.
＊ 지은이와의 협의 하에 인지를 붙이지 않습니다.

값 8,000원

리트머스 고양이

이원식 시집

작가

도시 속 숨어 사는 길고양이들과
눈 마주칠 때 있다.
그들의 맑고 섬세한 눈 속에 비친
오롯한 풍경을 상상해 본다.

다시 단시조만을 모아 엮는다.
우리시의 품 안에서
짧은 시의 아름다움을 찾기 위하여
단수單首를 택한 것이다.

시어를 최대한 엄선하고 깎아내어
격조格調있게 지어보려 했지만
그 부족함이 역력하다.
이 부끄러운 두 번째 시집.

2009년 가을
이원식

차 례

시인의 말

제1부 생生의 시울

소중한 일상日常 13

달-오래된 연서戀書 14

생生의 시울 15

당신을 위한 역사驛舍 16

인연법因緣法 17

벚꽃이 지는 이유 18

동그라미 속으로 19

여적餘滴으로 그린 풍경 20

시간을 마시다 21

기다리는 마음 22

사월의 눈물 23

천 개의 연지臙脂 24

쉼표가 있는 풍경 25

귀본歸本 26

가을을 듣는다 27

커피를 마시며 28

제2부 리트머스 고양이

오래된 눈금 31

초연初戀 32

리트머스 고양이 33

기적奇蹟 34

닭 뼈 35

고양이가 본 가을 36

감잎 지다 37

뒤란의 산수유 열매-마지막 별사別辭 38

작묘도鵲猫圖—텅 빈 주차장에서 39

장미꽃 지는 날 40

절반의 귀로歸路 41

국화차 심절深切 42

하현下弦에 비친 꽃 43

거미줄 44

겨울이었다 45

길고양이에게 바침-로드 킬 46

제3부 날마다 산방山房

은밀한 수행修行   49

겨울 암자   50

어떤 순례巡禮   51

날마다 산방山房   52

외경畏敬   53

폐사 연등廢寺 蓮燈   54

108배 하는 동안   55

비옥한 동경憧憬   56

오롯한 점묘點描   57

청동 빛 하루—조계사에서   58

귀 기울이면   59

접시   60

새가 된다는 것   61

꽃과 바람—설산스님의 입적   62

겨울, 동학사   63

겨울 화두話頭   64

제4부 풍뎅이를 위한 시

반추反芻   67

애련哀戀   68

두고 간 별사別辭   69

묵도默禱   70

꽃의 임종臨終   71

동네 개에게 고백告白함   72

풍뎅이를 위한 시   73

식탁 위의 난蘭   74

붉은 꽃이 되다   75

홍매화   76

사부곡思父曲―가을의 소리   77

바람의 조건條件   78

문상고백問喪告白   79

사부곡思父曲―새벽비   80

하구河口를 찾아서   81

지금도 마로니에는   82

제5부 소중한 편린片鱗

소중한 편린片鱗 85

손으로 부르는 노래 86

생각하는 닻 87

어느 무명 배우의 죽음 88

꽃밭에 잠이 들다 89

거미와 달 90

천식喘息 91

개다리소반 92

모정母情 93

할미꽃 94

중랑천 25시 95

청계천, 붕어가 간다 96

새와 둥지—우편집배원을 생각하며 97

개미의 묘妙 98

겨울새들 99

당현천堂峴川을 걸으며 100

■ 해설

'붉은/푸른' 상처로 그린 작묘도鵲猫圖 · 최재목 101

1부 생生의 시울

소중한 일상日常

천변川邊 작은 풀들이
바람의 말
전하고 있다

짧은 해 저문다고
생生의 옷깃 여미라고

모래알 한 알까지도
귀 기울여 듣고 있다

달

― 오래된 연서懸書

홀로 걷는 산책길
결 고운 바람이 분다

멈춰 서서 눈 감으면
한 줄기 아리오소(arioso)

누군가 온 것만 같아
돌아보면
달그림자

생生의 시울

하늘에도 강이 흐른다
눈물로 빚은 긴 물결

하늘을 보며
못내 흘린
누군가의
유별留別들

지금 막 비친 물비늘
강물 아니
말간 죄

당신을 위한 역사驛舍

전동차가 막 떠났다
유영遊泳하는
기억들

필리아*의 흔적일까
벤치 아직 따뜻하다

지난밤 떨어진 별을
비둘기가
쪼고 있다

*필리아(philia): 친구나 동료, 인간에 대한 사랑, 사회적 공감이나 교감을 말함.

인연법因緣法

대지 위로 별이 눕는다
시원始原의 뜰이 이랬을까

여린 잎을 잉태한
난분蘭盆 속은 평온했다

지상엔 없는 언어들
아미 끝에
비친
후인後人

벚꽃이 지는 이유

순백의
기억들이
꽃잎으로
피어났다

삭풍朔風 속
은빛 세상은
한 송이
꿈이었을까

가만히
두 눈 감고서
명지*결에
꽃잎 띄운다

*명지: 명지바람. 보드랍고 화창한 바람.

18

동그라미 속으로

버려진 손거울이었다
한 하늘을 바라보는

구름보다 가벼운 새 한 마리 날아간다

허기진 꽃잎이 질 때

누군가의
발소리

여적餘滴으로 그린 풍경

연리지連理枝로 떠가는 구름
하늘이 참 고왔습니다

떠오르는 사람 있어
우체국으로 가는 길

수줍은
편지 봉투 속
하늘 가득 담아갑니다.

시간을 마시다

따뜻한
녹차 한 잔
우러나는
그리움

한 줄 여린
사랑도
가리어진
미움도

한 마리
소금쟁이가 남긴
눈 먼
음파音波 같은 것

기다리는 마음

한밤중 창문밖에
매화꽃 피는 소리

잠 깨어 나가보니
나뭇가지에 쌓이는 눈

후드득!
날아가는 새
수천 송이
은빛
눈물

사월의 눈물

엊그제
달빛 아래
두 손 모은
흰 목련

비 오시면 떠날 줄
가슴 모두 비웠지요

오늘 밤
꽃잎 진 자리
흰 눈물만
고이겠지요

천 개의 연지臙脂

제 몫의 햇볕을 물고
날아가는 참새들

방금 넌 빨래들이
손을 흔들고 있다

못 다한
말, 말 대신에
뚝뚝 뚝 뚝
눈, 눈물

쉼표가 있는 풍경

낙엽은
나무들만 떨구는 게 아니었다

어느 맑은 가을날
리몽*에서의 차 한 잔

창문 밖
담쟁이덩굴
한 시인을
보고 있다

*서울 혜화동 소재 갤러리 북카페 이름.

귀본歸本

여울목 저 물오리
제 그림자 쪼고 있다

천애天涯의 깃 여미는
어느 전생의 새 한 마리

하늘은 비어있었다
기다리고
있었다

가을을 듣는다

가을은 아리아다
칼라스*의 눈물이다

새들의
붉은 날갯짓
서편으로
사
    라
       지
          는

사르르
은행잎 하나
어깨 위에
잠이 든다

*마리아 칼라스(Maria Callas, 1923~1977): 오페라 가수.

커피를 마시며

슬픈 자유*
한 소절
잔에 섞어
마신다

마지막
남은 한 모금
커피도
취하는 걸까

지나간
아니 지나갈
짧은 생生이
씁쓸하다

*대만 가수 등려군(鄧麗君, 1953~1995)의 노래 곡명.

2부 리트머스 고양이

오래된 눈금

온통 붉게 갈앉은 건
낙엽 아닌 심장입니다

늙은 감나무 곁에 앉아
달을 보는 고양이

잊혀진
그대 얼굴을
떠올리나 봅니다

초연初戀

국화꽃과 낮달이
마주 보는 꽃밭에

단잠을 깬 고양이
가을나비를 좇고 있다

꽃잎이 스칠 때마다
묻어나는
하얀
귓속말

리트머스 고양이

인적 없는 곳에서는
바람도 꽃이었다

꽃이 되고픈 길고양이
바람의 잎을 떼고 있다

상처 난 발자국 따라
수놓는 헌화獻花

붉은,
푸른

기적奇蹟

찬 바람 속 고양이들
고목枯木만이 반겨주었다

밤이면 옹기종기
간절한 울음소리

따뜻한 봄날의 선물
우듬지에
내민
꽃

닭 뼈

하늘을 보며
오도독
별 하나를
삼킨다

한 순간
질긴 기억이
핑 돌다
사라진다

묘적猫跡도
발이 시린가
이슬보다
찬
여정旅程

고양이가 본 가을

가지 끝
마른 잎이
바람결에
날려갑니다

제 몸을
다 비우고
새가 되어
날아갑니다

바스락!
가랑잎 하나
빈 마음이
갸웃합니다

감잎 지다

악몽을 꾼
감나무
달빛 아래
거닐고 있다

눈물보다
뜨거운
그림자를
흘리고 있다

무수히
밟아온 달빛
무수히
밟아갈 부재不在

뒤란의 산수유 열매

— 마지막 별사別辭

명치끝이 저린 건
멍울진 상흔傷痕 때문이지

발끝에 풀 한 포기
가혹토록 곱기만 한데

적멸寂滅이 저리 붉을까
사만 팔천
눈물 자국

작묘도鵲猫圖
― 텅 빈 주차장에서

따사로운 햇살에
젖은 기억을 말리는 시간

까치 한 마리 날아와
환幻 하나를 쪼려 한다

맘 비운
도둑고양이
꼬리만
일렁일렁

장미꽃 지는 날

붉은 눈물 하나가
벤치 위에 떨어집니다

못 본 척 도둑고양이
소리 없이 사라집니다

또 다른 눈물 하나가
불혹不惑 위에 떨어집니다

절반의 귀로歸路

눈물 다 비운 채로
손 흔드는 갈대들

순결한 홀씨 하나
가슴에 떨어진다

강물이 흐르는 소리를
이제서야 들었다

국화차 심절深切

그날도 가을이었다
국화꽃 지천至賤이던

칠성바위 옆 소나무
한 사내 목을 매었다

찻잔 속 맴도는 꽃잎
씁쓸하면서도
아늑한

하현下弦에 비친 꽃

삭풍朔風이
두려운가
귀뚜라미
사윈 울음

야위어가는
꽃밭 한켠
무수한
달빛 발자국

누구의
모습이던가
하얀 국화
한 송이

거미줄

올올이 감겨버린
길고양이 허기진 눈빛

벗어나려 할수록
조여드는 은빛 추고追考

결각缺刻의 바람이 분다
흔들리는
생령

허虛

겨울이었다

서리꽃 흐드러진 꽃밭
길고양이 잠들고 있다

아다지오 아다지오
들려오는 별의 목소리

한 마리 나비가 되어
꽃잎 위를 날고 있다

길고양이에게 바침

—로드 킬*

유폐幽閉의 갈 숲 속으로
청옥빛 이슬이 진다

신작로 포도鋪道 위에
이름 모를 꽃 한 송이

어둠 속 가뭇없는 불빛
한 잎 생生의
날刃이 붉다

*로드 킬(road kill)은 동물들이 도로를 지나가다 자동차에 치어 처참
하게 죽는 것을 말한다. 로드 킬을 당함에 있어 고라니, 삵, 부엉이 등 야
생동물 뿐만 아니라 고양이나 개 등 애완동물과 희귀동물도 예외가 될 수
없다. 동물의 생존이나 생태계를 배려하지 않은 인간에 의한 무분별한 도
로 건설에 의해 로드 킬은 해마다 증가하고 있는 실정이다. 로드 킬에 대
한 사회적 문제로서의 인식, 자연과 생명에 대한 애정 어린 시선이 로드
킬에 대한 공포와 죽음으로부터 피할 수 없는 동물들에 대한 도의적 책임
과 예의가 아닌가 싶다.

3부 날마다 산방山房

은밀한 수행修行

잔디밭
양지 녘에
모여 있는
참새들

눅눅한
기억들을
쪼는 줄만
알았다

새들이
날아간 자리
얼핏 비친
만다라曼陀羅

겨울 암자

댓돌 아래
떨어진
외짝 고무신 위로

새하얀
눈꽃송이
밤새 소복 쌓입니다

긴 여백
행간行間 띄우는
노스님
기침소리

어떤 순례巡禮

퍼붓던 비 그쳤다
파랑새가 우는 아침

아스팔트 위 지렁이
구만 구천 피안彼岸의 길

재 너머
피었을 들꽃
하나 둘
수만 송이

날마다 산방山房

한 무리의 풍경소리
글썽이는 불립도량不立道場

가슴 속 처마 끝이
오수午睡에서 깨어난다

창문 밖
도시 속 순례巡禮
두부장수
방울소리

외경畏敬

뿌려준 음식공양
모여드는 개미들

감사의 화답인가
몸으로 쓴
말씀 '옴ॐ'

손 모은
바람이 분다
바스러지는
내 허상

*옴ॐ: 불교의 진언(眞言) 가운데 가장 위대한 것으로 여겨지고 있는
신성한 음절.

폐사 연등廢寺 蓮燈

연緣을 지운
시간들이
연잎 위에
앉아있다

찬 이슬에
눈을 뜨는
메마른
기억 하나

두 뺨을
어르는 바람
어느 임의
입김일까

108배 하는 동안

저만치
하얗게 핀
꽃 한 송이
따라갑니다

염주알
눈 뜨는 길목
새가 되어
날아봅니다

날마다
맺힌 눈시울
마음만은
스님입니다

비옥한 동경憧憬

말씀도 아픔이었다
중랑천 모진 법랍法臘

물결 따라 비친 세상
가진 듯 아니 버린 듯

한 생애
한순간 거품
빈 하늘만 보며 간다

오롯한 점묘點描

탁발托鉢하던
지렁이
몸 벗고서
승천한 날

겨를 없는
범부凡夫들
흠칫하며
비껴갈 뿐

해거름
염장殮葬하러 온
개미들의
긴 행렬

청동빛 하루

― 조계사에서

빈 하늘 달래는 건
꽃도 새도 아닌
향내

비둘기 눈물 좇아
이슥토록 서성이다

귀가길 부르는 음성
돌아보니
풍경소리

귀 기울이면

생生을 다한 형광등
수거함에 버리러 간다

까맣게 탔을 몸속
사르르르
구르는 소리

빛으로 산화散華한 육신
타고 남은
은빛 사리舍利

접시

물소리 바람소리
만공滿空의 옛사랑도

활짝 편 가슴속에
곱게 저며 담았지만

구름 인戴
하늘만큼은
담을 수가 없구나

새가 된다는 것

자동차 스칠 때마다
생生을 가르는
모진 바람

한 포기 목이 긴 풀
온몸을
들썩인다

어둠 속 아스팔트 위
불이不二를
깨닫는 중

꽃과 바람
― 설산스님의 입적

꽃바람에
떠가는 꽃잎
몇 번이나
돌아본 날

삼매三昧에 든
나무들
소리 내어
울었다

바람이
가신 하늘엔
티끌 한 점
없었다

*雪山스님(1919~2007)

겨울, 동학사

눈을 뜨지 않아도
길을 트는 텅 빈 가지

칠금七金빛 실핏줄로
시린 생生을 긁고 있다

방금 전 비구니스님
흔적 하나
지웠다

겨울 화두話頭

안거安居에 든 고목들
게偈를 읊기 시작했다

범천梵天과
제석천帝釋天
가시던 길
멈춰 서서

새 하얀
목련 한 송이
던져주고
갈 때까지

4부 풍뎅이를 위한 시

반추反芻

피어서도
아니 지고도
서러운 게
꽃이었다

떨어진
꽃잎 밟으며
비에 젖는
흰 비둘기

애락의
벼린 사연들
수습收拾하고
있었다

애련 哀戀

꺾인 채 피어있는
한 송이 꽃
바라본다

얼마나 더 울어야
지고 다시
피는 걸까

자줏빛 에굽은 바람
꽃잎 하나
떼어간다

두고 간 별사別辭

돌아보니
어깨 위엔
입술 물고
지는 꽃잎

귀 기울인 적 있었던가
한 줄 젖은 자규子規의 시

바람도
불지 않는데
흔들리는
가지 하나

묵도默禱

한 순간 돌아보면
수만 갈래 길 아닌 길

발밑에는 닳고 닳은
만자卍字 문양 보도블록

오늘은 볼 수 있을까
미로迷路 밖
내 뒷모습

꽃의 임종臨終

찬 이슬 닿는 순간
들려오는 낮은 목소리

지상의 마지막 눈물
화장을 지우고 있다

말하지 못한 아픔들
벗어놓은
꽃잎

환幻

동네 개에게 고백告白함

비쩍 마른 개 한 마리
곁눈질이 역력했다

마주치던 좁은 길
언제부턴가 비어 있다

좁은 길 벗어날 즈음
뒤돌아 본 적 있다

풍뎅이를 위한 시

창틈 새 하늘거리는
하얀 손짓을 보았다

꿈속에서 본 꽃을 따라
목숨을 건 날갯짓

백발白髮의 꽃대궁* 위에서
깊은 잠이
들었다

*박용래 시인의 시집 이름.

식탁 위의 난蘭

상처 입은 잎 하나가
흔들리고 있었다

비우려던 잔 속으로
초점焦點을 맞춰본다

세상의
모든 시선視線이
흐려지기 시작했다

붉은 꽃이 되다

눈물마저 늪이 될까
삼키고 또 삼키고

꽃잎 홀로 흔들릴까
그늘로만 스쳐간다

저만치
꽃잎에 베어
피 흘리며
지는
바람

홍매화

감은 눈을 떴을 때
날刃 하나가 스쳐갔다

종요롭지 못한 달빛 적소謫所 더욱 흐릿한 밤

소소蕭蕭히 다시 감는 눈
붉은 눈물이 맺힌다

사부곡思父曲
— 가을의 소리

움직인 건 아닐까
남겨주신 손목시계

꺼내보면 언제나
다섯 시 오십오 분

가만히
귀 기울이면
귀뚜라미
울음소리

바람의 조건條件

계절과
계절 사이
바람이
불어옵니다

흔들리는
나무들
기억을
잃어갑니다

새들은
어디로 날아
속울음을
삭여야하나

문상고백問喪告白

별사別辭가 아니었다

하늘도 꽃이었다

꽃은 꽃을 바라보며

피고 또 지고 폈다

천공天空을 딛는 그림자

꽃잎이 지는가 보다

사부곡思父曲

― 새벽비

창문 밖 내리는 비
아버지의 목소리

흐릿한 백지 위에
당신을 담아봅니다

종장終章이
쓰일 빈 자리
흰 눈물만
쌓여갑니다

하구河口를 찾아서

중랑천
수초 위로
날아가는
새 한 마리

빈 가슴
적셔질까
벼린 생生의
깃을 턴다

부리 끝
쓰디 쓴 빗물
하필이면
비 오는 밤

지금도 마로니에는

선술집 불판아래
달아오른
붉은 연기緣起

여울진 몽환의 살
태우고 또
태우는데

소주잔
심연 속으로
가라앉는
그대
허상虛像

5부 소중한 편린片鱗

소중한 편린片鱗

비스듬히 돌아앉으면 아늑한 창밖 풍경
퍼뜩 스쳐 지나는 처녀아이 뒷모습

할머니, 일어나세요!
버스 종점, 종점이에요.

손으로 부르는 노래

꽃밭 따라 귀가길
아이들 머리 위로

붉은 노을 입에 물고
참새들 날아간다

고사리 손가락으로
따라 긋는
아리랑

생각하는 닻

동백꽃
붉은 심절深切
바다를 향해
귀를 연다

해람解纜의
옷자락을
말씀으로
여미는 밤

갸륵한
집어등 불빛!
해인海印을
밝히고 있다

어느 무명 배우의 죽음

삼십 촉 알전구가
픽! 하고
나간 순간

깜깜해진 화장실에서
볼일을 봐야했다

거대한
태양빛보다
간절했던
작은 불빛

꽃밭에 잠이 들다

저 자리에 머문 지
몇 해나 되었을까

올해도 꽃들이 피어
그를 또 생각한다

아늑한
품에 안기어
깨지 않는
자전거

거미와 달

불두화꽃
지던 날
하염없이
울었다

찬 이슬
머금으며
여기沴氣* 로
깁는 달빛

또 하루
원願을 그리며
무명소無名宵를
사른다

*여기沴氣:요사하고 독한 기운.

천식喘息

손에 쥔
흰 구름을
살며시
놓는 노파

마른 세월
들이켜고
사윈 한 숨
뱉고 있다

반의 반
접은 손수건
붉은 꽃이
피어 있다

개다리소반

돌아서면 배고픈 시절
눈시울 붉어지던 해陽

부엌문이 열릴 때면
달려가던 누렁이

검붉은 등짝에 놓인
뜨건 국밥
한 그릇

모정 母情

해 저물어 아쉬운
놀이터 모래밭에

아이들이 떠난 자리
발자국만 뛰노네

행여나 넘어질세라
꼬박 지새는 어미달

할미꽃

하루하루
마지막
꽃잎이라
여기며

쌓인 폐지에
기대앉아
세월초歲月草 한 잎
사른다

불면의
문틈 사이로
날아가는
하얀
환유換喩

중랑천 25시

황금빛 날선 비늘
어둠 속의 착시錯視일 뿐

질곡桎梏의 그림자 속
잠 못 이룬 물오리

청맹靑盲의 도시 불빛을
쪼아 물고 있었다

청계천, 붕어가 간다

비 갠 오후 빌딩 숲 무지개꽃 피었다
역류의 늪 헤집으며 떼어내는 지느러미

입구도
출구도 아닌
은날개를 찾아서

새와 둥지

― 우편집배원을 생각하며

꽃잎 하나
입에 물고
둥지 속에
날아든다

꽃잎을
품은 둥지
바람소릴
듣고 있다

또 다른
꽃잎을 물고
생生을 터는
새 한 마리

개미의 묘妙

달빛 따라 걷는 길
홀로인 줄 알았는데

적소謫所의 멈춘 시간
이어가는 운수납자雲水衲子

잠 못 든
생生의 그림자
물어가고 있었다

겨울새들

시린 뺨에 눈물 괴는
저물녘 귀갓길에

마른 낙엽 쪼고 있는
비둘기를 보았습니다

그리고 보았습니다
폐지 줍는 한 할미를

당현천堂峴川*을 걸으며

겨울이면
한 방울
눈물마저
말라버린

괭이울음
유난히
천변川邊따라
할퀴는 밤

쓰다만
발문跋文 한 줄을
별빛 속에
띄워본다

*서울시 노원구 상계동과 중계동 사이에 흐르는 건천乾川.

■ 해설

'붉은/푸른' 상처로 그린 작묘도鵲猫圖

최재목

(시인, 영남대 철학과 교수)

0. 해설을 맡으며

　지난 7월 어느 날, 가끔 만나는 시인 한 분이 찾아와 이원식 시인의『리트머스 고양이』라는 제목의 제 2시조집 원고를 보여주고는 여기에 해설을 좀 써달라고 부탁을 하였다. 단시조 80편을 5부 ― 제1부: 생生의 시울, 제2부: 리트머스 고양이, 제3부: 날마다 산방山房, 제4부: 풍뎅이를 위한 시, 제5부: 소중한 편린片鱗 ― 로 구성한 시조집이었다.

　사실 나는 시인도 잘 모를 뿐 아니라, 시 해설을 써본 경험이 적어, 대답을 하지 않고 '어쩌지…….' 하며 좀 머뭇

거렸다.

그런데 원고를 조금씩 읽어가노라니 시인 자신이 이미 불교에 깊이 발을 들여놓고 있으며, 시상詩想 자체가 불교적임을 알 수 있었다. 특히 제3부는「은밀한 수행修行/겨울 암자/ 어떤 순례巡禮/날마다 산방山房/폐사 연등廢寺 蓮燈/108배 하는 동안/꽃과 바람―설산스님의 입적/겨울, 동학사/겨울 화두話頭」등의 제목에서 느낄 수 있듯이 모두 불교와 관련된 작품들이다. 최근 나도 불교에 관심을 기울이고 있는 터라 흥미를 갖고 시를 찬찬히 음미하게 되었다. 더욱이 시인의 시적 자아는 '여성적'이라 할 만큼 매우 여리고도 섬세함을 알 수 있었다. 세상과 접하면서 이래저래 참 많이도 긁혔을 삶[生]의 '상처'가 색채감 있게 점묘點描되어 표현된 곳곳에서 공감하는 바가 많았다.

나는 이처럼 시인의 시적 자아에 호기심을 가지면서 주제넘게도 해설을 맡겠다고 말을 해버렸다. 시인의 상처에 바를 고약을 대신할 조언이라도 해야겠다는 생각에서였지만, 시인의 상처에 약발이 있을지 두렵기만 하다.

1. 피 흘리는 자아

― '붉은/푸른' 리트머스 고양이

이원식의 시조집『리트머스 고양이』는 제목을 봐서는 이해가 쉽지 않은 점이 있다. 시조집의 제목이 된 작품이 '리트머스 고양이' 이다. 왜 하필 '리트머스' 와 '고양이' 를 합해서 제목을 만들었을까? '리트머스' 와 '고양이' 는 뭔가? 등등 많은 생각이 들기도 한다.

그래서 실제로 '리트머스 고양이' 를 읽어보니, 시의 맨 마지막에 '붉은/푸른' 이란 말이 나온다. 이 구절을 읽고 나는 그 상징을 통해서 어느 정도 해답을 얻을 수 있었다.

우선 '리트머스' (litmus)란 무엇인가? 리트머스는 화학 용어이다. 즉 그것은 이끼 종류의 식물에서 짜낸 자줏빛 색소로서 알칼리를 만나면 푸른색이 되고, 산을 만나면 붉은색이 되므로, 알칼리성인지 산성인지를 검사하는 지시약으로 쓴다. 리트머스가 알칼리에서 '푸른 색' 을 산성에서 '붉은 색' 을 보여주듯이, 고양이를 리트머스에 비유하여, 그것(=고양이)이 어둠/상처와 빛, 고독/아픔과 열락 등을 만나면서 '붉은/푸른' 반응을 보이는 것을 의미하고자 했다는 점을 직감할 수 있었다.

　　인적 없는 곳에서는
　　바람도 꽃이었다

꽃이 되고픈 길고양이
바람의 잎을 떼고 있다

상처 난 발자국 따라
수놓는 헌화獻花

붉은,
푸른

─「리트머스 고양이」전문

이 시조를 읽어보면 알 수 있듯이 이원식 시인은 한 마리의 고양이가 〈어둠/상처/고독/아픔=산성〉→〈'붉은' 빛 반응〉, 〈빛/열락=알칼리〉→〈'푸른' 색 반응〉 식으로, '리트머스 대 고양이'를 절묘한 색채 감각의 틀 내에서 비유하여 시적 자아를 열어 보인다. 이를 정리하면 아래 표와 같다.

'붉은'	←	헌화	←	상처(난 발자국)	←	바람

←	고양이	→	(바람의)잎	→	꽃	→	'푸른'
	리트머스						

시인의 '자아' 는 〈리트머스 - 고양이〉에 투영되고, 사물에 대응하며 '붉은/푸른' 색감으로 알록달록한 '꽃무늬'처럼 드러나는 대목에 이르면 참 눈물겹기도 하다. 자아는 '붉은/푸른' 피를 흘리며 서 있는 것이다. 아파도 겉으론 아프지 않은 채 웃고 있으면서(←푸른) 속으로는 눈이 벌겋도록 울고 있는(←붉은) 것이다. 그것은 모든 중생들의 삶이기도 하며, 그런 삶을 위해 올린 '헌화獻花' 이다.

2. 새와 고양이로 짜낸 세계
— '작묘도鵲猫圖'

이원식의 시조집『리트머스 고양이』에는 제목에서부터 이미 암시하고 있듯이 '고양이' 라는 시어가 많이 나온다. 이와 더불어 '새' 라는 말도 많이 등장한다.

실제 시인의 시조집에서는, 인간 '세상 밖' 에서 살고 있는 '고양이' 와 '새' 가 매우 중요한 위치를 차지한다. 이 두 이미지는 그의 '상처 입은 자아' 를 이리저리 끌고 다니며 이곳저곳에 핏자국을 만들면서 상처가 만든 꽃밭을 통해서 시 세계를 확대하고 다채롭게 해준다. 다시 말해서『리트머스 고양이』는 '상처 입은 자아' 를 정점으로 '고양이' 와 '새' 를 섞어가며 세계라는 그림을 직조織造해낸다.

나는 이러한 이원식 시인의 세계는 '까치 작鵲', '고양이 묘猫', '그림 도圖' 세 글자로 된 '작묘도鵲猫圖'라 규정하고 싶다.

아! 고양이와 새라. 요즘 들판 어디서나 볼 수 있는 것들 아닌가. 흔하디흔한 새와 고양이를 시의 주제로 삼은 것은 하나의 풍경화처럼 동적인 입체감을 만들어 내려는 아이디어 같기도 하다.

새는 들판과 허공에서, 분주히 드나들며, 자신들의 삶을 산다. 일부 애완용을 제외한 대부분의 새들의 본래 고향은 허공과 들판 사이였다.

그리고 고양이도, 새와 마찬가지로, 야생이 기본이다. 고양이는 수고양이를 낭묘郎猫, 암고양이를 여묘女猫, 얼룩 고양이를 표화묘豹花猫, 들고양이를 야묘野猫라고 하는데, 현재 집에서 기르고 있는 모든 애완용 고양이는 아프리카 · 남유럽 · 인도에 걸쳐 분포하는 리비아고양이를 사육, 순화시킨 것이라고 한다. 그런데, 요즘 고양이들은 주인을 잘 만나면 호강하고, 주인을 잘 못 만나면 쫓겨나거나 버려져 다시 '야생'으로 돌아간다. 야생→애완→야생의 순환을 겪는다. 참고로 고양이의 특징 중의 하나는, 개와 달리, 인간을 대등한 관계로 간주하며 주인에게 충성을 바치지 않고, 이사를 갈 때 잘 따라가지 않고, 암고양이의 경우는

발정이 나면 거의 집을 나가 돌아오지 않고 수고양이도 가출이 잦단다.

새와 고양이에게서 야생은 그들의 '자연'이다. 야생은 그들 '스스로 그러함'이며, 크게 보면 '저절로 그러함'이다. 우리가 바라보는 '세상 밖'은 새나 고양이가 보면 '세상 안'이다. 새, 고양이를 우리가 '버린-버려진'이라고 표현한다면 그것은 맞지 않다. 아니, 본래로 '되돌아간-되돌려진' 것이라 표현해야 맞을 지도 모른다. 우리가 '문(文. 문명)'의 입장에서 '야(野. 자연)'를 폄하하면 새-고양이에게는 엄청난 결례이다. '야(野)'한 것이 바로 그들의 고향이자 삶의 터이니 그들에게서는 '문(문명)'인 셈이다. 우리가 그들더러 이래라 저래라 할 자격이나 권한은 없다.

이원식의 시조집에 등장하는 참새, 까치와 같은 '야생'의 새들은 끊임없이 인간 쪽으로 내려서고 다가서며 항상 인간의 눈앞에서 '묘(妙)'하게 서성댄다. 새는 하늘에서 땅으로, 땅에서 하늘로 오르락내리락 '상하' 운동을 하며, 인간이 거주하는 지상(地)과 천상(天) 사이에서 상호간의 정보를 전달하는 매개 역할을 한다.

그러면 또 하나, 이원식의 시조집에 등장하는 고양이는 어떤가? 그것은 상하운동을 하는 새와 달리 인간 곁에 살면서 때론 인간을 떠나거나 인간에게 버림을 당하면서 지상의 사방(전후좌우)으로 돌아다니는 수평운동을 한다.

동양적 구라의 달인 장자莊子의 사상을 담은 책 『장자莊子』의 서두에는 「북명유어北冥有魚」로 시작하는데 이 편이 「소요유逍遙遊」이다. 여기서 '소요+유' = '논다'라는 말은 별다른 목적 없이 그냥 이리저리 어슬렁어슬렁 떠돌아다니는 것이다. 떠돌아다니는 자에게 딱히 고정된 관점이 있는 것은 아니다. 여기서 이건 이렇고, 저기서 저건 저렇고, 이렇기도 하고 저렇기도 하다는 것을 '보면서' 아는 자다. 아는 것도 종류와 수준이 있는 법이다.

창공을 훨훨 나는 수많은 조류 가운데 「소요유」편에는 참새雀와 대붕大鵬이 나온다. 아주 작은 새인 참새, 어마어마하게 큰 새인 대붕이 크고 작게 세상을 바라보지만 모두 각각의 세상이다. 문제는 그들이 모두 '본다'는 것을 상징한다는 것이다. '본다'는 것은, 벌레들이 몸으로 '느낀다'는 것과 달리, 멀리서 높이서 조감鳥瞰하는 일이다. 동네를 걸어 다니다가 보는 것과 산 위에 올라서 보는 것은 다르다. 그리고 비행기를 타고 날아가며 보는 것은 또 다르다.

보는 것이 발달한 것은 새다. 새가 하늘에서 내려다보듯 땅의 기복, 건축물, 물체 등을 표현한 지도나 그림을 조감도鳥瞰圖라 한다. 조감은 새 '조鳥'자와 '굽어보다?내려다보다'는 뜻의 감瞰으로 되어 있다. 감瞰 자에 눈 '목'자가

들어 있듯이 새는 '눈/시각' 이 발달 있고, 멀리서遠 크게大 바라볼 수 있다. '눈' 은 머리頭에 붙어 있다. 따라서 뇌腦─정신精神─이성理性, 나아가서는 로고스logos─리理─천天/천상天上, 남성, 양陽, 혼魂/넋, 상승─하강, 곧음(직선), 공간, 투시, 추론, 비디오와 연계된다.

이에 비해 벌레蟲는 살, 피부, 털 등으로 예민하게 느낀다感・觸. 따라서 '소리/청각' 이 발달해 있고, 가까이서近, 적고 여린 것少까지 감지해낸다. 따라서 털・살갗髮膚─육체肉體─감성感性, 나아가서 에로스eros─기氣─지地/지상地上, 여성, 음陰, 백魄/얼, 수평, 굽음(곡선), 시간, 접촉, 직감, 오디오와 연계된다.

조감은 천상적인 것을, 충감은 지상적인 것을 잘 나타낸다. 천상이 지상으로 다가와 접촉하는 것은 바람 혹은 새를 통해서다. 바람이나 새나 모두 공중을 떠도는 것이지만 지상의 것들에 접촉하며 천상의 소식을 알린다. 새는 나무에 앉아 깃털을 떨구며, 바람은 나뭇잎과 풀잎을 흔들며 자신의 존재를 표현한다. 반면 지상의 것이 천상으로 다가가 알리는 것은 벌레, 짐승의 울음이나 물水이다. 벌레와 짐승의 울음은 음파音波로서 공중, 허공에 퍼진다. 물은 어떤가. 개천, 강, 바다로 흐르는 물은 햇빛을 만나 수증기로 증발되어 하늘로 가서 구름이 되어 자신의 존재를 알린다. 제사를 지낼 때 향을 피우고 술을 따르는 것에 의해 향은 연기가 위로 날아올라 공중을 떠도는 넋魂을 더려오고, 술은 물의 속성처럼 아래로 내려가 땅 속에 묻혀 진토塵土가 된 얼魄을 일깨워서 데려오는 상징이다. 그리고 장풍득수藏風得水의 줄인 말인 풍수風水는 바람을 감춘다는 '장풍藏風'에서 풍風을, 물을 얻는다는 '득수得水'에서 '수水'를 따 와서 만든 말이다. '바람을 감추고 물을 얻은 땅'을 찾는 기법은 하늘이 땅과 자연스런 온전한 만남을 은유한다.

이원식의 시조집에는 새를 '천상―상승?하강'의 로고스적 이미지로, 고양이를 '지상―수평'의 에로스적 이미지로 대비적으로 활용하여 의미 소통을 시도하고 있다.

3. '바람'
― '홀로'에서 '함께 있음'의 환기

시인은 듣고 본다. 새와 고양이의 소통하는 의미의 세계를. 이것은 인연생기[因緣生起: 직접적/일차적/내적 원인(=인)과 간접적/이차적/외적 원인(=연)에 의한 결과(果報)로서 만사·만물이 생겨나옴(生起)]의 세계이다. 상의상존相依相存하는 존재의 실상이기도 하다.

따라서 세상이 홀로이지 않고, 늘 누군가가 곁에서 걸어

주고 있음을. 그런 발자국소리를 시인은 듣고 있다.

> 버려진 손거울이었다
> 한 하늘을 바라보는
> 구름보다 가벼운 새 한 마리 날아간다
>
> 허기진 꽃잎이 질 때
>
> 누군가의
> 발소리
>
> ―「동그라미 속으로」 전문

　이렇게 해서 시인은 모든 것이 '둘이 아님不二'을 말하고
자 한다. '구름보다 가벼운 새 한 마리'는 '누군가의 발소
리'이니 우리 곁에 수많은 것들은 모두 도반道伴 아닌가?
함께 걷고, 말하고, 서로 상처내고 상처 입히는 존재 아닌
가? 비유컨대, 아스팔트 위로 씽씽 자동차가 스쳐지나갈
때마다 '모진' 바람이 생겨나고, 그 바람에 풀 한 포기의
온몸 = '생生'이 들썩인다(―「새가 된다는 것」참조). 무언
가는 그 무언가와 함께 있으면서 상대를 건드리고 무언가

에게 찝쩍대고 있다. 그 때문에 어느 것이든 홀로 — 한 가지만 — 따로 있는 것이 아니다.

이원식 시인은 홀로 사는 '고독감'에 익숙해 있는 것처럼 보이지만, 그는 항상 '홀로'를 바라보고/지켜보는 수많은 존재들을 살갑게 밝혀낸다. 그래서 만나는 것이 바로 생명체의 외경畏敬이다. 한 가지도 홀로 있음이 없다. '홀로 있음이란 생각을 삼가야 한다'는 '신독愼獨'이란 말을 떠올린다. 끊임없이 '이어가는', 그래서 '잠 못 든' '생生'을 모든 것들과 생각과 어깨를 나란히 하여 '홀로'가 아니라는 이원식 시인의 자각은 만물의 아주 미세한 데까지 우리들의 시선을 옮겨놓고 있다.

시인은 '개미'의 신묘함妙을 가만히 들여다본다. 먼지 하나, 풀 한포기 등등 모든 것은 신묘하지만, 시인의 눈에는 개미가 갑자기 우주로 다가온다. 개미가 몸으로 쓴 '불교의 진언眞言 가운데 가장 위대한 것으로 여겨지고 있는 신성한 음절'인 '옴ॐ'자를 직시해낸다. 미물에게서 우주적 생명의 '외경'을 느끼는 순간이다.

뿌려준 음식공양
모여드는 개미들

감사의 화답인가
몸으로 쓴
말씀 '옴ᐰ'

손 모은
바람이 분다
바스러지는
내 허상

—「외경_{畏敬}」 전문

그런데, 이런 모든 미물·미진微塵들이 우주적 차원의 생명이라는 진실로 연결되어 있다. 이것을 볼 수 있는 자는 눈 뜬 자覺者이다. '외경'은 애당초 그런 눈에야 비칠 수 있었다. 이런 실상을 모르는 눈 감은 자가 바로 무명無明 아닌가. 눈 뜬 자에겐 모든 것이 찬란하면서도 슬프고, 위대하면서도 측은할 것이다. 홀로가 아니라는 사실은 기쁘고도 아프고, 즐거우면서도 우울하며, 웃고 있어도 눈물이 나는 현실이다. 이런 것을 내포한 채 모든 것은 연결되어 있고, 서로 상응하며 화답하며 지속한다. 서로 의지하고 의존된 것이 현실이니 여기에 몸을 맡기는 것이 깨달은 것이고, 여기에 위배하는 것이 무명이다. 그래서 시인은 '운수납자雲水衲子'를 자처한다.

달빛 따라 걷는 길
홀로인 줄 알았는데

적소謫所의 멈춘 시간
이어가는 운수납자雲水衲子

잠 못 든
생生의 그림자
물어가고 있었다

—「개미의 묘妙」 전문

정처 없이 바람처럼 물처럼, 구름처럼 길에 몸을 맡기는 것, 이것이야말로 생명의 외경을 실천하는 일 아닌가. 인연법에 충실한 삶의 자세이다.

새가 끊임없이 꽃잎을 물고 둥지 속으로 들어오고, 둥지는 꽃을 품고, 다시 다른 새가 꽃잎을 물고 '둥지' 속으로 들어오듯, 이 세계는 인因과 연緣에 의해 무한히 연결되어 무언가를 만들어간다. '새/꽃—둥지—새/꽃—……' 식으로 '생'은 지속이고 반복이다. 둥지는 이 세계 내의 존재를 상징하며, 지속과 반복을 담아내는 그릇이다.

꽃잎 하나
입에 물고
둥지 속에
날아든다

꽃잎을
품은 둥지
바람소릴
듣고 있다

또 다른
꽃잎을 물고
생生을 터는
새 한 마리

　　　　　　　—「새와 둥지 —우편집배원을 생각하며」 전문

이 둥지 '안'에서 새는 상하 운동으로, 고양이는 전후좌우 활동으로 소통을 매개한다. 이렇게 만물들의 의존됨-연결됨-하나 됨의 인연법은 둥지 안에서 이루어지고 있다.

시인은 이곳저곳에서 홀로가 아님을 말한다. 예컨대 찬 바람에 들판과 거리를 '간절한' 울음소리 내며 떠도는 고양이들을 반겨주는 '고목나무'가 있고, 차가운 대지 위로 내민 '선물' 같은 '꽃'이 있다. 그야말로 이러한 불이를 깨달을 때 삶은 그야말로 '기적' 같은 것이 아닐까.

        찬 바람 속 고양이들
        고목枯木만이 반겨주었다

        밤이면 옹기종기
        간절한 울음소리

        따뜻한 봄날의 선물
        우듬지에
        내민
        꽃

                            — 「기적奇蹟」 전문

시인은 늘 우리가 타자와 함께 해 있음을 표현하고자 한다. '홀로 걷는 것'을 '아리오소'의 독창곡처럼 착각할까 싶어 시인은 '달그림자'가 '누군가'를 대신하여 지키고 서 있거나, 내가 모르는 어느 곳에서 '누군가의/발소리'(「동그라미 속으로」)를 상정한다.

> 홀로 걷는 산책길
> 결 고운 바람이 분다
>
> 멈춰 서서 눈 감으면
> 한 줄기 아리오소(arioso)
>
> 누군가 온 것만 같아
> 돌아보면
> 달그림자
>
> ― 「달 ―오래된 연서戀書」 전문

이 시에서 '홀로' ― '바람' ― '누군가'라는 식의 논리전개는 눈여겨 볼 필요가 있다. 시인은 '홀로'(나―자아)를 '누군가'(남―타자)로 연결시키고 있는데, 그 사이에 '바람' 이 위치한다. 바람은 정태靜態의 '나' 를 흔들어 뒤집고, 휘날리고 흩날리게 하며, '이것이 저것 때문에', '저것이 이것 때문에' 라는 사실을 환기시켜주는 존재이다. 시인의 시에서는 천지사방에 꽉찬, 무시로 부는 '바람' 이 나를 타자로 연결시키는 은인으로 등장한다.

이처럼 '바람' 은 실체도 없지만 모든 것들을 연결해준다. 마치 사랑하는 이들 사이를 연결하는 '연서戀書' 이거나, 연서를 전달하는 배달부이거나, 중매쟁이처럼, 의존됨-연결됨-하나 됨의 매개역할을 한다. 인간은 어리석음의 바람(= 無明風)이 불기에 그것 때문에 명明이 있다는 사실을 환기한다.

이렇듯, 시인의 시에서 등장하는 '바람' 은 특별한 의미를 갖는다. 바람은 무시로 불며, 이곳을 저곳으로, 저곳을 이곳으로 연결시키는 힘이 있다. 바람은 지상의 고양이에게 그 자신이 '꽃' 임을 환기시킨다. 홀로 지내는 고양이에게 존재의 의미를 가져다 줄 뿐만 아니라, 그가 무언가와 함께 하는(=놀아주는) 것이다. 타줄 것이 뭐 있겠나. 바람뿐이다. 「인적 없는 곳에서는/바람도 꽃이었다//꽃이 되고픈 길고양이/바람의 잎을 떼고 있다」(「리트머스 고양이」)에서처럼, 바람이 우리의 좌표를 잡을 수 있게 하고, 함께 있음을 돌이켜보게 한다.

4. '천변天邊' 과 '길'
— 삶과 죽음의 소통 공간

어쩌면 바람은 우리 삶의 상처를 '힘' 으로 바꾸는 원동력이 아닐까. 바람 때문에 고독을 극복해 갈 수 있는 것 아닌가.

그래서 시인은 삶을 비관, 절망하지 않는다. 시인의 자아는 바람을 관조하면서 '상처' 를 '은빛' 으로 승화시키는, 부드러움의 강함을 얻어낸다. 불완전한 존재이면서 인간은 길 위에서 '터벅터벅' 걸어갈 수 있는 것이다. 그러다 가끔은 '우두커니' 서서, '멍 하게' 주위를 두리번거리며 자신의 위치와 지나온 이력을 더듬어 볼 뿐이다. 그럴 때 인간은 자신이 완전하지 못하고 결함임을 발견하고 스스로를 수습해 갈 수 있다. 미완성이기에 완성을 지향한다. 자신이 '상처 입은' 것이고 '슬픈 자유' 임을 확인하고, 그것을 거부하지 않고 있는 그대로 받아들인다.

이원식 시인의 시에서 등장하는 '천변川邊' 은 '바람' 에 의해 의미가 생성되는 '작은 풀들' (= '삶生')의 이야기를 잘 드러낸다. 천변은 생명들이 부대끼는 풍요의 공간이자 일상의 고향이다. '상처 입은' '슬픈 자유' 가 머무는 곳이다.

천변川邊 작은 풀들이
바람의 말
전하고 있다

짧은 해 저문다고
생生의 옷깃 여미라고

모래알 한 알까지도
귀 기울여 듣고 있다

— 「소중한 일상日常」 전문

생명들은 천변에서 교합交合 · 교통交通한다. 교합 · 소통을 하지 않고선 상처 입은 것들이 구원되지 못한다. '생生의 옷깃'을 여미지 못한다. 서로가 서로에게 '모래알 한 알까지도/귀 기울여 듣는' 화해 없이는 삶은 불이不二가 아닌 이(二: 둘)가 된다.

시인이 천변에 집착하는 것은 땅과 물, 지상과 지하, 안과 밖이 서로 만나 소통하고 생명을 일궈가는 진면목을 보여주는 살아 있는 공간이기 때문이다. 그러나 천변에는 삶만이 있는 것이 아니다. 죽음도 있다.

천변에 이어 이원식 시인은 '길'에 주목한다. 길 또한
삶과 죽음이 공존하는 공간이다. 길이 있어야 사람들이 교
통하고, 소통한다. 그런데 한편으로는 길을 가다가, 건너다
가 많은 생명체들이 무참히 죽어간다. 시인은 길에서 만나
는 일상의 비참함을 새롭게 해석하고자 한다. 시인에게 죽
음은 비참함이면서 동시에 아름다움이기도 하다. 이미 언
급했듯이, '길 고양이'의 죽음은 '헌화'(「리트머스 고양
이」)였다. 헌화는 '붉은/푸른' 꽃이다. '신작로 포도鋪道
위'에서 벌어진 사고로 '이름 모를 꽃 한 송이'가 헌화로
바쳐진다. 헌화는 죽음이 보여준 피를 상징한 것이다. 피
는 죽음을 의미하지만 동시에 살아있는 꽃을 말하기도 한
다.

길고양이의 죽음은 삶의 필연이고 어디서나 마주치는
흔한 광경들이지만, 시인의 시야에 그것은 장엄한 사건이
다. 온갖 잡화로 장엄하게 장식된 세계가 바로 이 세계華嚴
界 아닌가?

　　유폐幽閉의 갈 숲 속으로
　　청옥빛 이슬이 진다

　　신작로 포도鋪道 위에

이름 모를 꽃 한 송이

어둠 속 가뭇없는 불빛
한 잎 생生의
날刀이 붉다

— 「길고양이에게 바침-로드 킬」 전문

'청옥빛 이슬 — 꽃 한 송이 — 가뭇없는 불빛 — 생生
— 붉다' 처럼 '유일한, 단 하나밖에 없는, 순간적인, 불타
는, 그러다가 꺼져버리는' 삶은 허무한 것이다. 아니, 차라
리 삶은 늘 죽음을 희생으로 해서 지탱된다고 해야 옳을 지
도 모른다.

그래서 시인은 고양이가 '로드 킬' (road kill)을 당하는 것
을 보고 이렇게 해설을 덧붙인다.

로드 킬(road kill)은 동물들이 도로를 지나가다 자동차
에 치어 처참하게 죽는 것을 말한다. 로드 킬을 당 함에 있
어 고라니, 삵, 부엉이 등 야생동물 뿐만 아니라 고양이나
개 등 애완동물과 희귀동물도 예외가 될 수 없다. 동물의
생존이나 생태계를 배려하지 않은 인간에 의한 무분별한

도로 건설에 의해 로드 킬은 해마다 증가하고 있는 실정이다. 로드 킬에 대한 사회적 문제로서의 인식, 자연과 생명에 대한 애정 어린 시선이 로드 킬에 대한 공포와 죽음으로부터 피할 수 없는 동물들에 대한 인간으로서의 도의적 책임과 예의가 아닌가 싶다.

— 「길고양이에게 바침-로드 킬」의 해설

시인은 '고라니, 삵, 부엉이 등 야생동물 뿐만 아니라 고양이나 개 등 애완동물과 희귀동물' 과 같은 '동물' 그리고 '생태계' 와 같은 '있음-존재(sein)' 를 '도의적 책임과 예의' 처럼 '있어야 함-당위(sollen)' 로 변환하여 이해하려 한다. 그래서 그는 '도로를 지나가다 자동차에 치어 처참하게 죽는 것' 의 현실세계를 '애정 어린 시선' 으로 바꾸어 '동물들에 대한 인간으로서의 도의적 책임과 예의를 거론하고 있다. 이런 '애정 어린 시선' 은 불교의 '동체대비同體大悲' 라 해도 좋고 유교의 '만물일체의 인仁' 이라 해도 좋다.

5. '슬픈 자유'
  — '종점' '종장' '발문' 으로서의 생生

이원식 시인은 '삶의 자유'를 '슬픔'에다 버무려 놓곤 한다. 한마디로 '슬픈 자유'란 말이 이를 잘 드러낸다. 삶은 이미 상처를 껴안고, 물집을 달고 있는 것이 아닌가?

인간은 자유를 꿈꾸지만, 자유롭지 않다. 의존적이며, 비독립적인 것이 현실이다. 인연이란 말은 바로 그것을 말한다. 자유롭고 싶지만 자유롭지 못한 '슬픈 자유'가 인연 아닌가.

슬픈 자유
한 소절

(중략)

짧은 생生이
씁쓸하다

— 「커피를 마시며」 부분

그렇지만 삶은 시인이 시에서 말했던 대로 '청옥 빛—은 빛'이기도 하다. 이들 색깔은 슬픔의 색도 기쁨의 색도 아니다. '붉은/푸른' 것이다. 「돌아서면 배고픈 시절/눈시울

124

붉어지던 해〔陽〕 (중략) 검붉은 등짝에 놓인/뜨건 국밥/한 그릇」(「개다리소반」)처럼, 배고파 울다가도 허기진 배를 채우면 그치는 울음처럼 원래 실체가 있는 색들이 아니다. 담담히 바라보면 어디에나 있는 우리 삶의 '있는 그대로의 색깔'이다. 비유하자면, 쿨룩거리는 '천식喘息'의 병세처럼 몸에 붙어 있을 수 있는 '병'의 색깔이다. 원래 생로병사는 '자연' 아니던가?

손에 쥔
흰 구름을
살며시
놓는 노파

마른 세월
들이켜고
사원 한 숨
뱉고 있다

반의 반
접은 손수건
붉은 꽃이

피어 있다

―「천식喘息」 전문

그래서 시인은 잘 안다. 「불두화꽃/지던 날/하염없이/울었다」(-「거미와 달」)처럼 울고 싶을 때 울어야 한다는 것을. 꽃이 피었다 지듯이, 아픔-상처도 삶을 건강하게 하기 위해서 아니 살아있다는 징표로서 꼭 있어야 할 일들이지 없어야 할 것이 아님을.

하늘을 자유롭게 나는 비둘기이지만 지상에 내려와 주린 배를 채우려고 '마른 낙엽을 쪼는 비둘기' 처럼, 어디론가 끝없이 떠날 듯한 인간이지만 먹고 살기 위해 '폐지 줍는 할미' 처럼 세상 만물은 자유롭지 못하다. 그대로 '슬픈 자유' 를 바라볼 수밖에 없다.

시린 뺨에 눈물 괴는
저물녘 귀갓길에

마른 낙엽 쪼고 있는
비둘기를 보았습니다

그리고 보았습니다
폐지 줍는 한 할미를

— 「겨울새들」 전문

그래서 시인은, 「할머니, 일어나세요!/버스 종점, 종점이
에요」(「소중한 편린片鱗」)처럼, 우리는 잠들다가 결국 '종
점'에 이르지만, 중간 중간 누군가 흔들어 깨우지 않으면
내려서야 할 곳에 제대로 내려서지 못함을 말한다. 내려서
도 잠에 취해 제대로 걷지 못한다. 그래도 비칠거리며 걸어
가야 한다. 차에서 내려 걸어가는 모습은 하늘에서 '내 저
질러진' 빗줄기처럼 보인다.

창문 밖 내리는 비
아버지의 목소리

흐릿한 백지 위에
당신을 담아봅니다

종장(終章)이
쓰일 빈 자리

흰 눈물만

쌓여갑니다

— 「사부곡思父曲 — 새벽비」 전문

저질러진 삶은 어둠 속에서 '종장終章'을 쓰고 있는 (=내
리는) '새벽비'와 같은 것이다.

아니, 차라리 「쓰다만/발문跋文 한 줄을/별빛 속/에/띄
워」(「당현천堂峴川을 걸으며」) 보는 것이라 표현해야 좋을
것이다.

'종점' '종장' '발문'으로 은유된 생生은 불완전한 자유
이기에 '슬픈 자유'이며, 아름다운 헌화이면서 죽음을 내
포하였기에 '붉은/푸른' 것이다. '종점' '종장' '발문'도
이런 논법이라면 실제로는 '붉은/푸른' 작묘도의 '시발
지', '초장', '서문'일 것이다. 왜냐하면 어차피 전자는 후
자에서 왔고, 후자 없는 전자는 없기 때문이다. 전자는 붉
은 것, 후자는 푸른 것, 그래서 '붉은/푸른' 것 아닌가?

6. 은빛 날개
— '꿈' · '환幻'의 희망과 절망 -

겉보기에 삶은 '은빛'처럼 보여 끊임없이 잡으려 다가선다. 그러나 막상 다가가 들여다보면 '꿈'이고 '환幻'이다. '마야(maya)'이다.

그러나 삶의 힘은 바로 이 '꿈'·'환幻'에서 생겨난다. 그것이라도 있으니 전방을 주시하며 걸어가는 것 아닌가. 그것마저 없다면 힘이 빠져서 걸어갈 수조차 없을 것이다.

　　찬 이슬 닿는 순간
　　들려오는 낮은 목소리

　　지상의 마지막 눈물
　　화장을 지우고 있다

　　말하지 못한 아픔들
　　벗어놓은
　　꽃잎

　　환幻

　　　　　　　　　—「꽃의 임종臨終」 전문

다시 시인은 묻는다. 「삭풍朔風 속/은빛 세상은/한 송이/

꿈이었을까」(「벚꽃이 지는 이유」)라고. 이원식 시인이 찾는 것은 암흑의 종말이 아니다. 은빛 '의미' 이다. 그런 의미 있는 길을 따라 가기에 시인은 운수납자雲水衲子를 두려워하지 않는다.

자, 이쯤 되면 이제 매듭을 지워야 한다.

시인에게 물어보자. 새와 고양이라는 두 은유를 '바람'을 매개로 해서 짜 낸 붉은/푸른「작묘도」의 결론은 어떤 것일까.

시인은 이렇게 결론짓고자 했을 것이다.

입구도
출구도 아닌
은날개를 찾아서

—「청계천, 붕어가 간다」 부분

입구도 출구도 없는, 그런 해답 없는 길에서, '오늘도 걷는다'. 길을 찾고자 한다. 시인의 운명은 어차피 '무문관無門關' 수행과 같다. 문도 없는 곳에 갇혀 '무언' 이 아닌 '언어' 로 글을 적으며 살도록 종신형에 처해진 참 곤혹스런 처지이다.

그럴수록 시인에게 희망의 열망은 더해간다. 글을 쓰면서(의지하면서: 依言) 동시에 글을 버려야(떠나야: 離言)하니 고통은 이중, 삼중 더해간다. 그러나 시인은 알고 있다. 희망도 절망에 뿌리 내리고 있고, 절망도 희망에 뿌리내리고 있다는 밑도 끝도 없는 순환 논법 속에 우리가 있음을. '그래서', 더욱 거침없는 시인의 정진을 바랄 뿐이다.